# 関係について

生沼義朗
OINUMA Yoshiaki

北冬舎

# 関係について◎目次

## I　クララは歩く　2002-04



## II　関係について　2005-06

## IV

### コンクリートの上の泥濘 2005-06



## V

### 風光明媚 2007-08

装丁＝大原信泉

# 関係について

# I　クララは歩く

2002―04

## クララは歩く

たとえれば澱粉のみで成りたった巨体のようなアメリカならむ

まっしろな牛乳パックに牛乳は満たされており　苦しからずや

古びたる布の文様いっせいに乱れはじめるヒトラー／エヴァ忌

日本の戦後は瀬島龍三を物差しにすればおさまりがつく

シルクロードの南の果てはいずくにや　バシー海峡を漂う竹箸

草原を飛んでいく声　唐突に思うことありハイジの老後

日本人は刻苦勉励をこのむゆえ最終回にクララは歩く

年上の恋人のごとき香を立てて無塩バターは室温に溶ける

くしゃくしゃの銀紙さやか展くとき白夜のストックホルムを見にき

口数の少なき夜をそれなりに過ごすふたりの手足は冷えて

四つほどの感情はいま縺れ合い放射冷却のごとき苛立ち

はじめから蜜などはなくただ苦く得体の知れぬものばかりなり

浮力なる理屈に体《たい》をあずけたりまずは読むべし水のテクスト

子を背負う母が桜を見ていたる日本的なる光景を忌む

うちつけに火の匂いする午後ありて薬子の変に連想は飛ぶ

東京に生まれおれども結局は移民三世というだけのこと

越境という語を思う埼京線に乗って赤羽過ぎてゆくとき

「ラストコール！　だけどパネルは変わらない」そんな一日を終えて帰り来

## 誇りと平和

しゅらしゅらと霧の向こうに見えたるは浅茅がホテルニュージャパン跡

マンションのフェンスに黒きリュックサック掛けられたまま一週間過ぐ

日常が肥大している。食卓にトマトソースを吸い過ぎのパスタが

地上にて有象無象のうごくさま神にあらねば二階より見つ

ヤラカシテシマエシマエと唆す声を電波というかは知らぬ

昨日と今日がパラレルに隣り合うときにトラウマまざまざ蘇り来つ

永遠に来ぬ革命に焦がれつつわが口ずさむフランス国歌

硝煙は四囲に漂うそのなかにテトラポッドは角張るばかり

さまざまな匂い混じりては消えてゆく半年をこの部屋に身を置く

水溶性では決してなきかなしみはかぼそき嘔吐をいくつも産みぬ

ちちははに華髪花眼のすすみゆき寂しき花は華やぐばかり

体毛のうすきふたりが抱きあえば関係はしばし水のごとしも

歴史さえ大味なりきアメリカにげに大雑把なる誇りと平和

## 塩にまで小蝿

いちめんに向日葵枯れし野を渉る、夏目雅子の享年を越え

生ごみの臭気を孕み漂いて来たる風にも生活《たつき》を慣らす

塩にまで小蝿がたかる　この先に何人の若き死者と出会うか

都庁前あたりを地下鉄走るときバビロン時間に囲まれており

冷やし中華の酢にむせる日は理と情のバランスはつか崩れておりぬ

ちちははもやがて去《い》ぬる、か。食べられぬものつぎつぎと送られてくる

百日紅ゆらす微風の吹く午後はうしろに誰も立たないでくれ

トマトの皮を湯剝きしながらチチカカ湖まで行きたしと思うゆうぐれ

げにしずかに痙攣しており非常口ランプの緑は廊下の果てに

入善とわがつぶやけば硝子戸を開けるはやさに鳥影は過ぐ

頑張ることを強要される世に生きてやけに気圧をうける足裏

失われし十年のなかのあかるさはたとえばグランバザール、ＰＡＲＣＯ

# 蜃気楼

なにもかも欲しがらぬ口を持ちおりし一日《ひとひ》なりせば水さえ不味き

浴槽にわれの皮脂浮く残り湯はあるあかるさを抱えつつ満つ

蜃気楼を目指してあるく　はつあきの雨うつくしき通勤途上

似たような顔の並びし大部屋に大和民族おしなべて鬱

動詞よりつきし地名をかりそめに過ぎることありたとえば押上

人のせぬ仕事ばかりをせる日をばサルベージとぞ名づけてこなす

おおむねは以下同文で済まし得る時間の束を重畳という

生活は皮膚を侵食するもので手指は破《や》れて血の滲み出づ

雪平鍋《ゆきひら》に割下は煮え、この部屋に満ちる匂いは原郷ならず

## 東京地裁四一二号法廷

二〇〇四年二月某日、東京地方裁判所へ行く。数ある事件のなかから四一二号法廷の麻薬取締法違反事件の公判を傍聴。第二回公判。被告人・M。二十三歳、女。Mの母に対する弁護側証人尋問。静岡県出身の被告人は、東京で知り合い、同棲を始めた男にすすめられるままMDMA（合成麻薬）に手を出したという。

あまりにも古典的なる顚末と女に法廷で淡くかかわる

傍聴人席には一歳になる被告人の娘が、被告人の妹、つまりその娘《こ》にとっては叔母に抱きかかえられていた。

人の親となる不条理はただ一度ヤリたるのみで来ることもあり

二人して見たるひとつの景色とはいかなる屈折を経て映らむか

回想が彼女のなかを往き来する過程に突如、目は潤みおり

法廷に集いしひとがそれぞれに背負う物語がはつか交差す

彼女は罪状を認めているので（執行猶予がつくかどうかはともかく）、おそらく実刑判決を受ける。それは、彼女にとって〈愛〉とつり合う行為だったのか、他者には分からない。

生きるとは所詮リスキイ　なればこそ彼女は法を犯したるらむ

# 祝祭以後

一月某日、有明へ行ってみる。ある事情でコミケ（コミックマーケット）のスタッフを辞めて三年が経ったが、その後、第三者として訪れたことはない。本来なら開催時に行くのが筋だろうが、コミケは年二回しか開かれない。今回はとりあえず、空間だけでも追体験する。

山手線で東京駅に向かう。今日は景色が見たいので、地下鉄は使わない。丸の内南口都バス乗場から10時15分発の都05系統・晴海埠頭行に乗車。有楽町マリオンやソニービルのすぐ横を通るので、観光バスに乗っている錯覚に陥る。

築地を過ぎ、勝鬨橋を渡ると、もう晴海埠頭だ。トリトンスクエアでいったん降りる。スタッフをしていた頃、この複合施設は建設中だったが、完成して土地柄がすっかり垢抜けてしまった。近くにある、コミケ会期中のスタッフ宿舎だったホテル浦島は閉鎖されていた。後日、知人に聞くと、ここでの営業は撤退したとのこと。

真白きが薄汚れゆく過程とはさながらシンデレラの晩年

さらに、二、三分歩いた先の埠頭の突端にある、有明以前のコミケ会場だった晴海の見本市会場跡は、巨大なゴミ処分場となっていた。その裏手に回り、晴海客船ターミナルへ向かう。バスを降りて二十分ほど歩いてきて、ここでようやく海にぶちあたる。

晩冬のひかりを溜めてまろやかにひかる湾あり麻薬のごとし

晴海埠頭バスターミナルから11時28分発の錦13甲系統・錦糸町駅行に乗る。乗客は乗換地の豊洲駅まで自分ひとりだけ。

11時36分、豊洲駅着。タイミングよく海01系統・東京テレポート駅行が来る。車内は予想に反する混雑。駅周辺は賑やかだったが、すぐに工業団地的な殺風景さが広がり、有明貯木場あたりから荒地が目につく。

やがて、お台場に入ると臨海副都心が突然展開する。11時58分、テレコムセンター駅着。ここで、ゆりかもめに乗換え、12時07分、国際展示場正門着。軽く食事を摂り、現在のコミケ会場である東京ビッグサイトを見て回る。ここはまるで変わっていない。

## ガレリアはイタリア語にて拱廊の謂でありしを辞めてより知る

有明が自我を見つめる牢獄《ひとや》なら十年間の幽閉ののち

その後、鉄鋼埠頭とフェリー埠頭を散歩。人気《ひとけ》はほとんどない。

鉄鋼埠頭入口に潮の香ぞ立ちて　ああ、そういえば潮位は高い最後はレインボーブリッジを渡るか、それとも海路で帰るか迷うが、水上バスに乗る。15時40分、日の出桟橋着。感傷も興奮も覚醒もなく、自分でも驚くほど淡々とした、六時間弱の追体験。

Bookish！　その一語より逃れなむために辞したるコミケスタッフ

スタッフを辞すれどもなおオタクなるヒエラルキーから抜け出せざりき

# 北流まで

二〇〇四年十一月二十日、黒瀬珂瀾の結婚式のため、富山へ向かう。東京は雨が降ったり止んだり

極まってゆく冬に向けたまゆらに薄手の雨が降る、窓外に

9時52分、東京発Ｍａｘたにがわ437号越後湯沢行

地震以来各駅停車の制限はあれど列車は普通に走る

11時21分、終点・越後湯沢着

暖冬の野の奥にある国境のトンネル抜けて、雪は在らざり

11時38分、越後湯沢発はくたか8号和倉温泉行

新聞、ポマード、弁当、樟脳の匂い混じる列車を旅とも言えり

12時25分頃、頸城駅通過

無人駅に佇むおみな見ていたり。絵になりすぎる景色なれども

12時35分頃
直江津ゆしばらく行くに海を見き水平線を久々に見き

13時10分頃
あくがれの入善の地を通り過ぎ富山へ向かう日程あわれ

13時23分頃
海を背に赤き観覧車立ちている景色を魚津の景色と憶ゆ

13時38分、富山着。下車。富山は七年ぶり

まだ冷えが極まりきらぬ時節ゆえ感傷も中途半端なままに

夕刻より小雨

旅先に降る小糠雨そのなかの路面電車の緑さみしも

翌十一月二十一日、晴れて風なし

アスピリンが外気に溶けているような北陸の朝にわれは起きたり

11時54分、富山発北陸本線鈍行高岡行

存外に太き流れと思いつつ二輛列車は神通川越ゆ

北流を渉る橋桁　かくまでにはわが境涯は鮮やかならず

12時00分、呉羽駅で下車、タクシーで願念寺へ。挙式中、また小雨

生暖かき風雨とともに五色幕ひるがえる軒先を漠然と見る

披露宴会場。スピーチ四人目は高島裕氏
疲労感が眠気に移行するさなか、高島さんはぼそぼそしゃべる

披露宴を万歳三唱で締めてしまう勢いをこの会場は持つ

19時02分、富山発はくたか21号越後湯沢行
とっても眠くとってもだるい現身を抱えて乗りぬ帰路の〈はくたか〉

21時10分、越後湯沢発Ｍａｘたにがわ３４０号東京行
そういえば礼服を着て新幹線に乗りにしことは今までになし

この時刻、二次会の席で雑誌を創刊しようという話が持ち上がっていることなど知る由もない。

後日決まった誌名は、[sai]という。

圏外であるトンネルを抜け出ればスパムメールはつぎつぎ届く

つまらない日々へと帰る車中にて明日の昼食のこと考える

# II　関係について

2005-06

## 関係について

#1　個

『欲望という名の列車』読み終えてなまなましくあり精神の冷え

不透明な陽のあふれいる梅林におりおり現れる神話領

啓蟄の日の潦《にわたずみ》　ひかりいるなかには他界の水も混じらむ

居間のテレビつけっぱなしに台所に立てば低音のみが響きぬ

中二階のバレエスタジオ見て過ぐるレッスンをするその足のみを

夜半までネットに向かう、海底の線路をあゆむこころもちもて

隣室で水使う音が漏れている生活感といえばそれだけ

＃2　対

その間に担担麺は置かれいて湯気にまみれし顔を見られつ

樫のボウルにシーザース・サラダ　ほろびたるもの美しく卓上にあり

夜《よ》の室に読書するとき片頰に睫毛の長き影かかりおり

テーブルの向こうに座る唇ゆしたたっている罵詈讒謗は

すぐそばに対とはならぬ人といてはじめて気づく主体のねじれ

無理矢理にオーバー・ドースさせられしような生活《たつき》を暮らす自者他者

春の野の鉄砲水や　酷きまであかるき声が電話に聞こゆ

電話線で繫がっている幻想をつねに厭いて嫌われており

＃3　群

どのあたりか心当たりはないなれど風邪ひきはじめはおそらく仕事場

風邪引きの身での勤務は温度差を感じるだけの一日となる

診察の順番待ちに御巣鷹山事故被害者の遺書のこと思《も》う

午後よりの出勤をして未配分郵便物にまず取りかかる

似たような化粧が多く初対面（女性ばかり）の顔を忘れる

人事には関心あれど人間に興味はあらず　蓮は水腐る

日曜の出版記念会に出て歌人ばかりと話しぬ、終始

出奔はかくあるべきでやすやすと炎上しているルフトハンザ機

## 生活の鳥

文化鍋もて米を炊くそのときのおねばをつまり日本と云わむ

出来事になべて食傷するうちに飲み干している水2ℓ強

重力に負けワイシャツの落ちるとき羽ばたいている生活の鳥

いかにして〈われ〉は自分を脱ぎゆくか、外では水が貪婪に匂う

日常は単調なれど難渋で、またも昼食のメニューに悩む

おのずから出でにし水をきっかけとして室温に苦瓜《ゴーヤ》は腐る

現代の精神論の行き止まりに神社と呼ばるる細長き杜

マオ・カラーが妙に似合うということを誇りとなして今日の肉体

# 信州行

北に延ぶる枝の根元の大宮を越えてこれより旅と決めたり

駅前再開発事業キャッチコピー

東北線ひたすら下る車窓には〈これでいいのか北上尾〉とある

深谷

急行を停めたるゆえに辞職せし荒船清十郎を思ほゆ

葱畑過ぎてなお夏、本庄にかつて保険金殺人ありき

岩魚寿司

漬物同士を混ぜる不純を目の当たりにしつつ列車はまた隧道へ

押し寿司の酢飯を残す心境は母と同じとなりたるらしも

山手線と同じメロディの発車ベルつまらなく鳴らし発ちてゆきたり

軽井沢

軽井沢に乗客の半数降りたればシートに浅く腰かけ直す

上田

ややガスの立てる奥には青み帯ぶる山見えて山懐にいる

篠ノ井線に聖高原《ひじりこうげん》駅あれど路線図にのみ眺め、長野へ

長野駅

いずこより来て還る水、洗面所に使う手水のげに冷えており

善光寺

戒壇めぐり入口にある釈迦像は巡りしのちに撫でる人多し

錠前と思しきところ何回も揺する視えるもののみ信じるわれは

## 竹に花

たちまちに驟雨となれば図書館という空間はさらに沈痛

人が人を産む状況に接したるたびに喉元痒くなりおり

竹にまで花咲いている律儀さは世間に回る痛みゆえかは

システムに血痕、開かずの踏切を無視し轢かれて死にいし者の

シーチキンをホワイトソースに入れたれば素性分からぬ食感となる

フライパンのなかでみどりのピーマンがみるみるくすむも力と言わむ

## クラクション

身体から出るべきものが出きらないので齟齬として其処此処に痛み

言葉への信頼がまだ足らぬゆえ、発する言葉は両刃となりぬ

真夏わがための夕餉を作りなば体力気力気化するごとし

採血をされたる腕を押さえつつ歩む姿はロボットめきぬ

酒が体に入ることさえストレスで、唾液と胃液に指《おゆび》は匂う

それなりに背負うべきものもあるからか用紙がくぼむまで印を捺す

睡りたるさなかに嚙んでいたらしい口腔にまで血豆は出ずる

突然に、だが真剣に、猛然と、今こそ〈どくさいスイッチ〉が欲し

わが前に履物脱ぎてあらわれる実に見事な外反母趾が

葬儀（とくに身内）は別のテンションを高く保ちておらねばもたぬ

水平に荷物運ばむとするときにどうして足は差し足となる

つづまりは身体から出るエナジーの差なり、幅跳びの単純ぞよし

自らの陥穽に落つ。晴れた土曜にバスのクラクション長く響けば

## 中国の地図　〈差異〉をめぐって

脱脂粉乳を飲んだか否かを優越感の礎とする世代だなんて
少年期

労働の意味に苦しむ夜なればヴェイユ『工場日記』を読みぬ
価値観

労使

抽斗のフォーマット書類すべて使う間もなく解雇言い渡される

精神と肉体

理不尽を理不尽として受けるうちストレスは体《たい》の外側に出ず

地図

中国の地図には常に中国が中心にあり、つまり中国

命名

教養の敗北としておさなごに当て字のごとき名前の増える

言語

中国ゆ日本に戻る実感をわきおこさせる片言英語

性別

性による体格の差異厳然とあれば歩幅はおのず異なる

身長

男のみならず女に対しても上目遣いの対話増えたり

食生活

三十歳《さんじゆう》を越ゆる頃より炭水化物摂取の量は確実に減る

意識と無意識

往来に道を譲られ一礼を為す生体の反応として

外見

クール・ビズと呼ばるるらしも収賄で逮捕されたるごとき格好

緑地

単調に組み合わせられし草木《そうもく》を都市の自然として眺めいる

ジェンダー

一人居にジェンダー・フリーは関わりのあらず家事にて双手の荒れる

信教《信仰》を持たざるゆえに教会へは行かず精神科を訪いぬ

眉の濃き《化粧》化粧流行りし一例に93年の北村有紀恵

ソビエト《イデオロギー》が頽れしのち残れるは過剰な右か穏健な右

# III 祭都／揺籃都市

2003−04

## 花雨

干からびてしまってもなお薬液の匂い残れるウエットティッシュ

辞書をもて言葉みつくろう行動の泥縄式は生き方に似る

久木田真紀がモスクワ生まれということを（嘘とはいえど）思い出したり

花雨は真赤なるべしノースリーブの女の肩が濡れているから

神経が露出するごとく地下鉄は御茶ノ水にて地上へ出でぬ

契約終了決まりたる日に一時間の時給費やし喰うフォアグラ丼

恋愛にははるかに遠き関係として呼び出されたること多し

## 素足

現実《うつつ》とは疎ましきもの　覚めぎわのゆめの浅瀬を素足がすぎる

幻影を見るせつなさは朽葉色のタートルネックを見るたびに出ず

坪庭に雪降りつみてゆくうちに固体のにわたずみとなりにけり

酢味噌和えにて独活を喰う　関係は簡略化するべきか、あるいは

べこべこのアルミの薬缶ひっさげて父は来にけり使えとぞ云う

七面鳥のロースト一羽。一族をつなげるものはなるべく大きく

細切れの睡眠いくつかやりすごし夜明け夕暮れ見分けがつかぬ

手すりへと寄りかかりおれば頭皮さえ放電している冬日のあわれ

## 一回性の雨

春、休日。睡りは意識を閉じ込めて十三時間ほどを過ごしぬ

洗面器の水へと顔をつけているごとき午後なり団地の午後は

転居してはじめて口にせるもののありてたとえば割干大根

食い違う話題の多き卓上にライ麦パンはますます饐《す》える

不遜とその反省ばかり繰り返しシャツの寝汗はいまだ乾かぬ

三毛もどきとでも言うべき猫どうしわがベランダに喧嘩始めつ

体育会系から右翼へ至るごとき父の思考をはつか羨む

あきらかに女の論理を振りかざす母を憎みしのちに許しき

横に居る存在は妻になる／ならない　卓上の杯はただぬるむのみ

関係をひとつ見送る日曜に一回性の雨は降りおり

過ぎたるは及ばざるごとしと誰か言い、情緒はすでに化膿している

さて、君とともに居るとき湧き来しはどこまで母性、どこまで父性

## リリシズムの行方

会話する呼気と吸気のなまなまし和室の古きおみなふたりは

何処かで見た顔とも思う酔いのなかラーメン屋に見る顔なればこそ

仮想現実体験実習①は昨夜九時に家政婦は見たを見た

サーバーは神なればこそクーラーは人より機械を冷やすものならむ

学問の自由、職業選択の自由、破産の自由、自殺の自由。

守宮《やもり》はついにモリノミヤとは読まれずにそういえば偽宮様の逮捕

選挙速報見ては気づけり万歳は背広のかたちが崩れることに

妙に背の高きおみなを遠景として見ておりつ十五分ほど

リリシズムの行方思《も》いつつ烏賊墨に汚れし口を拭う数秒

## コタツにミカン的私生活

9・11以後のしばらく

血は水より濃いなどという幻想をアメリカ市民の連帯に見つ

映像ゆ銃声聞こえその音の軽さのゆえに聞き流したり

隣席に金《キム》の悪口聞こえきて金《キム》にあらねばそれなりに聞く

つくり笑いばかり浮かべる店員についになじめず靴屋をあとにす

若い男が区役所横にトランペットで北海盆歌吹いておりたり

たわむれに飛びたしと思う衝動のおおむねそういうときは曇天

感情の暖流寒流入りまじり潮目となるは今朝のあたりか

コタツにミカン的に収まる私生活なれば冬陽はかくまで淡し

## 春の失調

晩春《おそはる》をめぐる時間は馭者のおらぬ馬車の駆けゆく速さもて過ぐ

インディアン・ペーパー一枚ずつめくるごとくに春の失調は来る

労働を維持するために一箇月の医療費が二万円を超えたり

六月十四日

泥濘にまみれるごとき日は続き今年も残りあと二百日

人と人の間に生きる生活《たつき》とはどこもかしこも棘刺す葎

こなしゆく仕事つぎつぎ忘れたり　過ぎにし日々はまるで落丁

一途という一線越えてストーカーとなりたるおみなに祝福のあれ

## 齟齬

誤解より成り立っている評価から必然として齟齬は生じる

お互いの理解の端緒に立つための二時間あまりは会話にあらず

及ばない解釈ふたつが永遠にふたりのあいだに立つばかりなり

関係を成立させるむつかしさゆえに発語のくるしき日あり

結局は理屈の先行してしまう状況のあり　今日も空梅雨

真向かいのビルいちめんの鏡壁でニュースの字面は逆さに流る

## 濃密な闇

陰鬱に蔦植物の這う柵を間遠に過ぎて九月のみどり

土曜ワイド劇場再放送

たまきわる東尋坊に身を投げて死ぬことを古典的死と言わむ

読み進む歌集に虫の止まりおれば歌集を閉じてその虫殺す

おりおりに開く一冊ありにけり『何を食べるか昼飯の問題』

主義のない「生まれてすみません」ばかり繰り返されて、集団自殺

ジェンダーとセクスの間《あい》の濃密な闇など見ずにここまでを来し

生き方の思想というを問われいる日々鮮しく今日を生きゆく

# IV

# コンクリートの上の泥濘

2005-06

## 東京にいる

ストレスの溜池なれば慢性の湿疹つねに肩口にあり

生活を日々順送りするうちに自縄自縛の贄となりたり

肩口にかきたる汗をいとぐちにして皮膚はまた崩れておりぬ

言い直しに過ぎぬ言辞を遣り繰りし提案を結果に捩じこむ

所詮地べたを這いずりまわる七曜に虹を求むる日もありにけり

あれは何、あれは国境警備隊、地に水平に群鳥は過ぐ

雨水、白桃の罐に少しずつ溜まれる底を郷土と言わむ

『アリー My love』のＤＶＤ見れば補身湯《ポシンタン》、要は犬鍋喰いたくなりぬ

南青山の、いわゆるカフェ

今のわれの心理に実にふさわしくやたら細長きトイレにおりぬ

ゆるやかな戒厳令に縊られてげにゆるやかに死にゆくわれは

突如、脱水モードに入る洗濯機そのように怒りたきこともあり

さながらに船なりエスカレーターはしゃがみて靴紐直しいるとき

驟雨に逃げる者らに対する冷笑さえ許されている東京にいる

「とうきょう」と声にし口にするときにどうにもならぬまぬけな語感

## 歩速

透明なひかり満ちいる天空に鳥語圏とはどのあたりまで

言外の意味を負わされ往きゆかむ『滴滴集』の表紙の犀は

きれぎれにうたごえはあり　夢遊するものらの都からのごとくに

イタリア語にポルポなる語をわが知りて意味を問いなば蛸のことなり

じきに降る雪を抱えし雲の下《もと》、ついに合わない歩速と歩速

娘に一子《いちこ》なる名をつけし両親の境涯などはゆめゆめ知らず

大日本帝国に殉じ死にたりき最後列に小磯国昭

## 荷物

かるく飲み干せるカルピス・ウォーターのごとき莫迦莫迦しさに春来る

唐突にひとりのおみなを抱きたしと思う経緯のげにあわれなり

他者と時間をシェアすることのむずかしさ、鶏の脂はすぐ凝りおり

荷物とはこのようなもの。今日明日食うものばかり袋に提げて

われとともに日々を生き継ぐこの部屋は四年ののちに空間も老ゆ

始終湿気に踏まれるごとき土曜日は共同庭に誰も立ち入らぬ

年々に落ちては積もる落葉を受けるばかりの八手の一樹

宮里藍の美醜つらつら思ううち急行は千歳船橋を過ぐ

## 酸性空間

雨の日は雨中の国があることを水煙上ぐる車に見ており

手は汗に、あるいは雨か分からぬがとにかく濡れた手は差し出され

美しい国を目指して行き着けるところおそらく美国《メイグォ》と同じ

謎のままあれよ授業の合唱にドナドナ唱わされし理由など

空間がなべて酸性を帯びている心地せりそれは鬱という こと

錦秋の錦の部分をつくづくと仕事とはいえ箱根に見ており

いっせいにクリスチャニアが降りてくる映像まさに僥倖と呼ぶ

## 何川

狂犬が常に何かに吠えているブログ見ており、見世物として

薄くそして鈍き刃のごとくして聴こえ来るなり『ホフマンの舟歌』

爪楊枝嚙めば嚙むほど木の味がしみだしており木であるゆえに

花束の似合わぬ女が眼前を過ぎるはつくづく不運と思う

ファミレスで深夜に茂吉読んでいるわれはおそらく晩婚ならむ

濡れている靴下を脱ぐみじめさは帰り着いても一人居なれば

ライブドア事件報道

情報の情とは何ぞ　水に落ちし犬いっせいに撲られており

川幅の広き河川を越ゆれどもついに分からずこれは何川

回想で成り立つ歌のつまらなさ、東京タワーはまだ建っていて

程なく来る月曜に向けヘンケルの包丁で豚の臓器を捌く

ついてくる沢庵をむしろ食べるためカツ丼頼むこともありたり

使い終えし巻尺を巻き終えるまで動きを目にて追っておりたり

# V 風光明媚

2007－08

## 風光明媚

湘南の風光明媚に倦みいるはおおむね午後二時越ゆる頃より

幻かあるいは比喩かともかくも湘南に冬の地鏡の顚《た》て

海を見に行くという意志持たざれば海見ぬままに二箇月は過ぐ

営業車に乗ること多く電車とは東京に戻るための乗物

自転車の修理をなせばとりあえずひとりで珈琲など飲みにゆく

室なべて壁紙白き部屋に居てトイレにも白き憂いは満ちる

豪雨より帰りしコートは生活の死角に小さき湿地を生みぬ

午睡より覚めるさみしさ　夢の中でしか会えざる人の幾人

肉まんの酵母臭さに安心をするとはなんて安易な出自

ひとことの言葉が香りたつごとき一日は恋愛の渦中にありき

鏡界となれよ世界は！　絶望にげにふさわしき景色であろう

二か月ぶりに実家へ
ニューヨークを夢の都と信じいる父と二人でピザ食みており

急用に週三回を東京へ向かえばそれは多忙と言うべし

## 野心

生活の不整脈なり。日に数度はつか水吐く蛇口ありたり

錠剤を茶碗の水に飲みおれば必要以上にぬるしと思う

チンドン屋の姿は見えずチンドン屋の音のみ届くまひるまにいる

新刊本の天地小口の断面に漂う白を色気ともいう

回顧される生とはいかに　サルバドール・ダリ口髭の極端な反り

仕事にて訪う品川南端はさしずめ業務用の東京

野心なる語を漠然と思いおり納期明けたる手持ち無沙汰に

ローレライの歌ははたして悲歌なるや、いま絶え絶えに響く君が代

## やじろべえ

遺伝子の舟を解纜《かいらん》させるための反語ならむか天皇家とは

かくも絵になる景色なり金髪のおさなごチキンナゲット食めば

ドラム缶錆びいる上に百日紅散りおり、鬱は簡単に来る

一房からバナナをひとつ捥ぎおれば繊維の束はあらわとなりぬ

薬液が眼《まなこ》の奥にゆきわたるときにしびれる耳のうしろが

五、六本ペットボトルを捨つるため纏めればなかにかろきひかりが

暑いからか暑いからなのか買ってきたオクラの先が一晩で割れている

巨大なるやじろべえなり危なげに電柱積みしトラック揺れつ

## 止水は鏡

濁っても止水であれば鏡とはなるこころもて収入を得る

跨線橋に立ちいし股下を特急は抜けてシステムに犯されている

感冒の流行、かつて熱素という学説の在る時代はありき

寒冷の身には堪えるハンガリー舞曲1番　なおも働く

もし、今死ねば、父の友人知人が多数訪れるのだろう
一回も会ったことない人にまで冥福を祈られても困る

今や時代の気胸のごとく響きたり中森明菜の唄うバラード

伊藤野枝を伊藤萌とぞ聞き違え新人グラビアタレントと思《も》う

明白なあかるさは罪、駅伝の脇に必死の大根踊り

言葉は白い陶器のようと思うほどだだ漏れとなる会話もありぬ

辛い一生《ひとよ》と楽しい生活《たつき》の間には人間関係というものがある

## 握る

口腔はつくづく湿地と思いたり潰瘍癒えぬ一月《ひとつき》の間は

濡れタオルに首筋拭くときうすくうすく禊なされし領地あらわる

祝儀不祝儀いずれか判らぬ服を着たおみな三人大船に見る

徒手空拳の車中ありたり、持ち物の電池がなべて切れてしまえば

教養の養とは何ぞ　車内にてモンスターペアレントの子を見ておりつ

人混みに名を呼ばれたり何処よりの声か判らずまずは振り向く

あるいはそれは骨を握れることならむ手を繋ぎつつまだ歩いてる

食べるとは旅のごとしも　鶏、魚、豆、海藻をすこしずつ喰う

## 関門

平服の平とは何ぞ　オタクとすぐ分かる服装ばかりがおりて

日の丸に寄せ書きありぬ大方は白いところに書きたがりおり

少女のＴシャツの背に一樹ありそのてっぺんに馬の首刺さってる

届きいしメール開けば文字化けで生焼け肉を食みたるごとし

たんこぶのようなる坂に出くわしぬ自動車教習所内の坂道

ドラマにて追いつめられし犯人はおおかた水辺に自白をなせり

おおよそは楽しからざる生涯にいま一輪の十薬がある

疲労がさらに疲労を呼べば気持ちのみ十月は春のウシュアイアまで

アメリカの処女地すなわちヴァージニアの地図切り裂けばオリーブこぼれる

遠雷のしきり弾けるなか考える張作霖の爆死の様子

食べてさえいれば死なない、コンビニの商品多くは食い物であり

水分を含んだ声は届ききて抒情もしばし汁気を含む

関門を乗り越えようとするなかを痛む肋間神経痛に、雨

及第の及とは何ぞ　言うことがその都度変わる顧客ばかりで

# Ⅵ

# 家族／体裁

2006-09

## チキンファーム

朝、真白くひかる荒川越ゆるときやや絶望に向かうこころは

急行なのに特急通過をただ待てるヒエラルキーに二分つきあう

筋肉はつながっていて右肩を傷めれば翌日、左腰の痛みぬ

言わむとする意識に発語は遅れきて「おつかれさま」はつねに曖昧

ソフトバンクに変わりしネオンは帰り路に喪の家の紋のごとくかがやく

雨止みしのち届きたる夕刊のはつかに含む湿度が現世

思いつきでバナナスタンドとバナナ購ってきて飾っておりぬ

豆殻で豆炊くことの無残さは財産分与に端的に出ず

責任は気にならないが圧力を厭うこころはすべてにおよぶ

現世《うつしよ》はいずこもチキンファームにて他者を裏切るほかにあらざる

生きていることは悲しい。ベン・シャーンの絵葉書ずぶ濡れで届きたり

哄笑をせるマネキンも立ちていて京王モールに春の来にけり

ヨーグルト（五〇〇gカップ）を取り落とし床に乱れる初夏のさきぶれ

## 小桜町周辺

生首のごとしも雨後の道端にまるく反りいる少年ジャンプ

女四人ミュールの音の甲高く階段降りるが拍手に聴こゆ

粛々と列に並びし人々はげに粛々と前へ進みぬ

ゴミ箱よりイチゴ香料の香は立ちて夜の空間の輪郭は濃し

警察官が手を前に組み誰何《すいか》すれば慇懃無礼はきわまりにけり

小桜町を郵便バイク抜けてゆくさまは微苦笑しているごとし

海からの風おしなべて南風となる湘南の枠組のなか

仕事場の窓に見ている厚木より行き帰る機の飛行機雲を

肉体が舟なりしかば今宵漕ぐ櫂とはほそきバゲット一本

## 働く

要はつまり肩書きのあるその日暮らし、自分で会社を営むことは

一〇五円（税込）のスラブ舞曲集をデータ入力の支えとなして

山岸涼子『舞姫《テレプシコーラ》』読み継げるまひるまありて歳月の贄

午睡することもそれより覚めるのもさみしき、日曜日の仕事場に

渾身の事務手続きを進めおり人を使うにかかわる作業

唐突なせつなさゆえにわが欲す翼を得てもおそらく寒い

仰天に値するとき仰天の天とはいかに輝きおらむ

一日は労働のためにありなむか　一食目10時、二食目20時

水分を必要以上に吸っているフリースのような感情がある

率《い》るものも養うものもなき身なれどそれでも働くほかにあらざる

## 味覚減退、その前後

味蕾とはすり減るものか埋まるものかとにかく味を感じなくなる

一〇、〇〇〇の味蕾はなべて機能せずそれでも舌は自在に動く

関東のそばつゆが白湯になるまでの味覚減退とくに塩味

わずかには感受できたる甘みさえ消え果てついに白紙となりぬ

舌の喪に服するあいだ快楽のための食事も同様に死す

峻烈な拒絶のゆえに結局は価格の安い外食となる

何を食っても同じなりしが温度には関係あらずやはり猫舌

味覚減退は亜鉛不足ゆえと聞いて
ひたすらにレバーを喰えばレバー味のみを感じる口となりいる

一枚の器官のために買いにゆく再征服運動《レ・コンキスタ》としての亜鉛を

ようやくに味覚戻れど年跨ぐストレスにまた舌先は荒《あ》る

## 塩キャラメル

取り急ぎバナナを食むる仕事中義歯と義歯とがやたらに響く

同時多発的に苺のジャムを煮る景色みているブログの上に

身を焦がす思い抱えて働けば塩キャラメルに助けられいつ

隣室の窓に韓流ドラマ見え、何だろうこのいかがわしさは

鈍重なバナナの味に飽きたれど冷やせば存外食えてしまいぬ

手傷とはとても呼べない傷を手に負いたり家事によるものとして

夏の夕、排気ガスには体臭の酸ゆき匂いがはつか混じれる

## 家族／体裁

家族その得体《家族とは何か》の知れぬ形態はたやすく首落つる椿のごとし

人居らぬ時間は増えて素足へと著《しる》く伝わる玄関の冷え

低音のみとぎれとぎれに聞こえるは階下に母が洟をかむ音

子を金科玉条とするところよりモンスター・ペアレントはじまる

喃語もて子猫に話しかけているちちははしきりに孫欲しおり

水という水が路面を駆けてゆく。もちろん私はもう濡れている

生活を徐々に圧しくる体裁という名の力がせつなく重い

春の夜の大気は重い。われを脱ぐこと思いつつ尿《ゆばり》している

日本の食文化にしばしばあらわれる魚は刺身を無上とする主義

無惨さの集積として法隆寺宝物館に小雨降っている

妻となる人（だろう）を待ち、二時間を東京堂書店に潰す

ビル群のあわいに沈む木立ありその底に累代の墓あり

# 物語

角は武器、ゆえにとことん〈アフリカの角〉は争いまみれとなりぬ

世界とは憎まれるためにこそあらむ、コカ・コーラ中身もろとも毀たれ

尋常の尋とは何ぞ　モノサシはおりおり他人よりもたらされ

机上にてマナーモードの携帯電話《ケイタイ》はしばらく震え、まもなく芒種

つるつるの粥真向かって啜りおる日曜である。主体は遠い

カロリーは偉大なりけりとりあえず食えば少しは淋しさの減る

きれぎれに鶏小屋みたいな音のするところを見れば保育園なり

別れぎわ二人同時に握手され与野党三党合意のごとし

結局は制度の上を生きている、たとえば横断歩道を渡り

国家にはつねに関心あるもののヒューマニズムに興味はあらず

杉林にまだ雪は降る　市民とは国家のなかでかく年を経つ

# 物語の失効という物語ひとかかえにして表に行かな

# 後記

第一歌集『水は襤褸に』以後、七年分の作品をもって、第二歌集『関係について』とする。この間、実人生ではさまざまなことが起きたわりには、実生活上で眼に視える変化は少なかったような感じがある。

自分は書くことでしか前に進めない人間だ。

第三者から客観的に見ると、第一歌集から第二歌集までに十年の歳月が経過しているのは、やはり悠長なのかもしれないが、自分からすれば、周囲あるいは歌壇全体の歌集刊行ペースがずいぶんと速い気もする。けれど、第二歌集と銘打つだけの作品の質量と、一冊の書物としてのコンセプトが揺らいでいたため、一冊の歌集を上梓することが、その正否はともかく、自身の作歌上の区切りになり得ないのなら、無理に上梓してもしかたない思いがあったのも事実である。そして、それは実人生の、特に物質的に不安定な現状と無縁ではなかった。

歌集は六部構成とした。Ⅰ・Ⅱ・Ⅵが連作、あるいは主題構成の強い作品。Ⅲ・Ⅳ・Ⅴはそれぞれの時期に所属誌「短歌人」に発表した、どちらかといえば心情のメモ的性格が強い身辺雑詠が中心になっている。したがって、制作時期は一部重複する。また、「Ⅱ」の連作「クラクション」は、制作年と雑誌発表年が異なることを注記しておく。

第一歌集は、自分および自分と社会のつながりについて考え、作品化した。そこにつながる第二歌集は、あえて『関係について』と題したが、異性や人間関係を含むあらゆる関係について考え、作品化してきたものだ。

ちなみに、すでに編集作業に着手していた関係で、今回の歌集には昨年の三月十一日の東日本大震災以後の歌は入れていない。あの震災を体験して、自分の価値感にどのような変化がもたらされたか、まだはっきりと見きわめられていないことも大きい。それ以外にも、構成や歌数の都合で次の歌集へ送ることにした作品が一定数あることをお断りしておく。

所属する「短歌人」および、現在選歌を受けている中地俊夫さん、かつて選歌でお世話になった蒔田さくら子さんをはじめとする皆さんは、私の作歌にとってかけがえのないベースである。さらに［sai］の同年代の歌人仲間からは大きな刺激を受けている。また、父母妹の家族と一人の女性の存在が精神的に大きな支えになっていることは言うまでもなく、あらためて感謝したい。

本歌集の上梓までの一連の作業は、悩みながら書き、書きながら悩み、悩みながら編集し、編集しながら悩む、という作業の繰り返しであった。その、実に遅々とした歩みを叱咤しつつもあたたかく見守り、かつ多くのアドバイスやアイデアを下さった北冬舎の柳下和久さんには言葉で言いつくせない感謝でいっぱいである。編集作業の際の打合せの時間は、まさに充実したセッションであった。装丁は大原信泉さんにおまかせした。あわせて御礼を申し上げたい。

これからも、歩みは遅いかもしれないが、考えながら書き、書きながら考えて、前に進んでゆきたい。

二〇一二年四月

生沼義朗

本書収録の作品は、２００２(平成14)―０９年(平成21)に制作された４１１首です。本書は著者の第二歌集になります。

著者略歴

**生沼義朗**《おいぬまよしあき》

1975年(昭和50)、東京都新宿区に生まれる。93年、作歌開始。翌年12月、「短歌人」入会。2002年、第一歌集『水は襤褸に』(ながらみ書房)刊。翌年、同歌集で第 9 回日本歌人クラブ新人賞受賞。共著に『現代短歌最前線　新響十人』(北溟社刊)がある。現在、「短歌人」同人および公式ウェブサイト管理担当。[sai]所属。三詩形交流企画サイト「詩客」実行委員。


**関係**《かんけい》**について**

2012年 6 月20日　初版印刷
2012年 6 月30日　初版発行

著者
**生沼義朗**

発行人
**柳下和久**

発行所
**北冬舎**
〒101-0062東京都千代田区神田駿河台1-5-6-408
電話・FAX　03-3292-0350
振替口座　00130-7-74750
http://hokutousya.jimdo.com/

印刷・製本　株式会社シナノ



ISBN978-4-903792-36-1 C0092